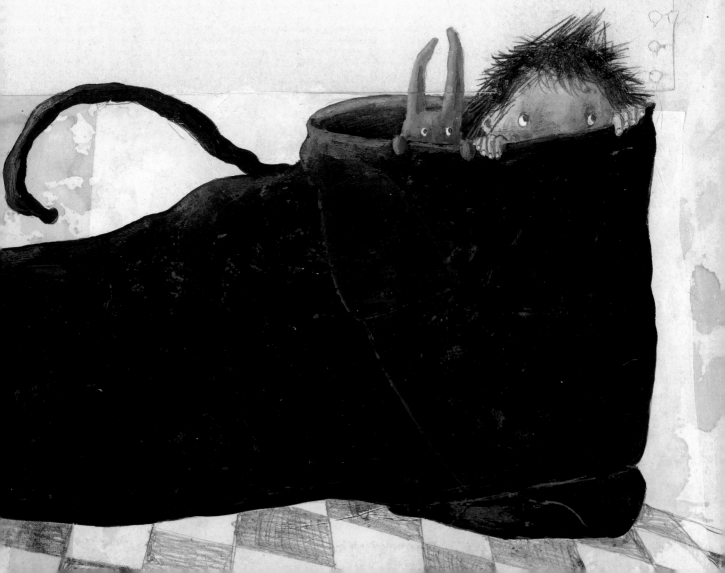

图书在版编目(CIP)数据

当我睡不着的时候/[奥地利]汉斯·雅尼什文;[奥地利]赫尔嘎·班石图;曾璇译. —上海:上海人民美术出版社,2008
(海豚绘本花园系列)
ISBN 978-7-5322-5578-8

Ⅰ.当… Ⅱ.①汉…②赫…③曾… Ⅲ.图画故事—奥地利—现代 Ⅳ.1521.85

中国版本图书馆CIP数据核字(2007)第205713号
著作权合同登记号:图字17-2008-046

当我睡不着的时候

[奥地利]汉斯·雅尼什 / 文　[奥地利]赫尔嘎·班石 / 图
曾　璇 / 译　责任编辑 / 周燕琼　安　宁
美术编辑 / 沈　霞　装帧设计 / 黄　淳
出版发行 / 上海人民美术出版社　经销 / 全国新华书店
印刷 / 恒美印务(广州)有限公司
开本 / 889×1194　1/16　8印张
版次 / 2008年6月第1版第1次印刷
印数 / 1-5000册
书号 / ISBN 978-7-5322-5578-8
定价 / 104.00元(全四册)

Wenn ich nachts nicht schlafen kann

© Copyright 2007 by Verlag Jungbrunnen Wien
Simplified Chinese copyright © 2008 Dolphin Media Co., Ltd
该书德语版权由北京华德星际文化传媒有限公司代理。
本书中文简体字版权经奥地利Jungbrunnen出版社授予海豚传媒股份有限公司,
由上海人民美术出版社独家出版发行。
版权所有,侵权必究。

策划 / 海豚传媒股份有限公司　网址 / www.dolphinmedia.cn　邮箱 / dolphinmedia@vip.163.com
海豚传媒常年法律顾问 / 湖北琭珈律师事务所　王清博士　电话 / 027-68754624

[奥地利] 汉斯·雅尼什/文　　[奥地利] 赫尔嘎·班石/图　　曾　璇/译

当我睡不着的时候

上海人民美術出版社

当我晚上睡不着，
我觉得还是数数比较好。

我数的是三十四个大巨人，
而不是草地上的小羊羔。
巨人们和我捉迷藏，
我要把他们都找到。

When I can not sleep. I will count the number!

I will count the big giant not the little sheep.

The giants played hide and seek with me and
I have to find them all.

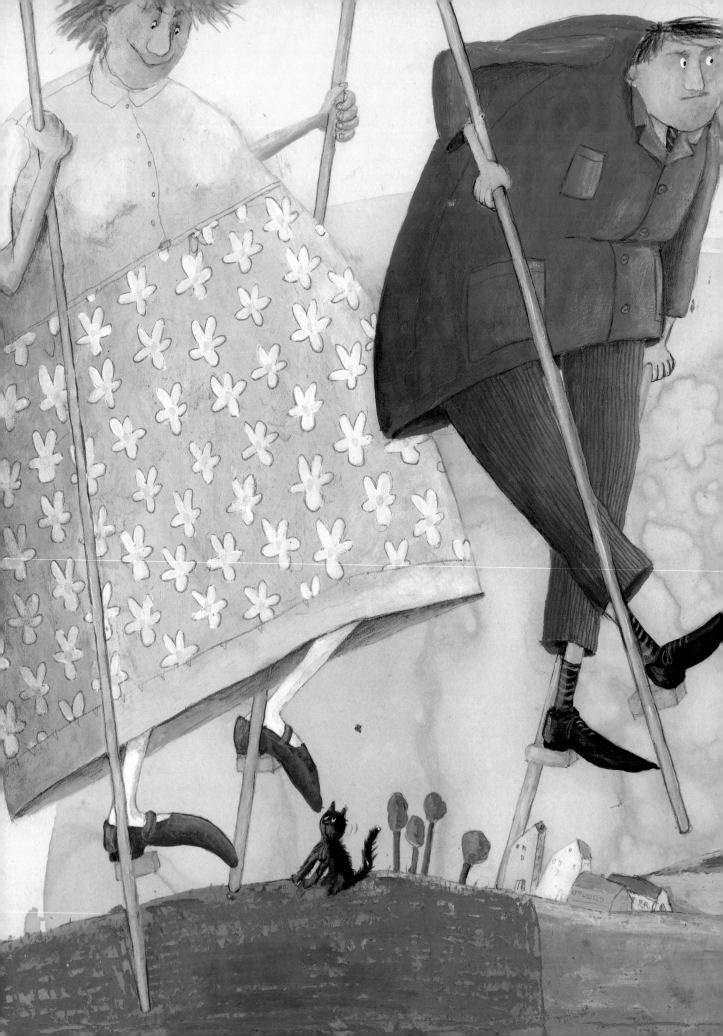

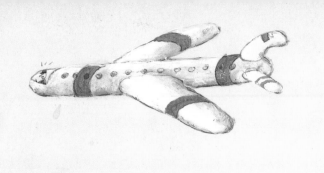

 二，
二位巨人踩高蹺。

Two giants stepped on stilts.

Three giants with telescopes.

Three 三，三个巨人举起望远镜。

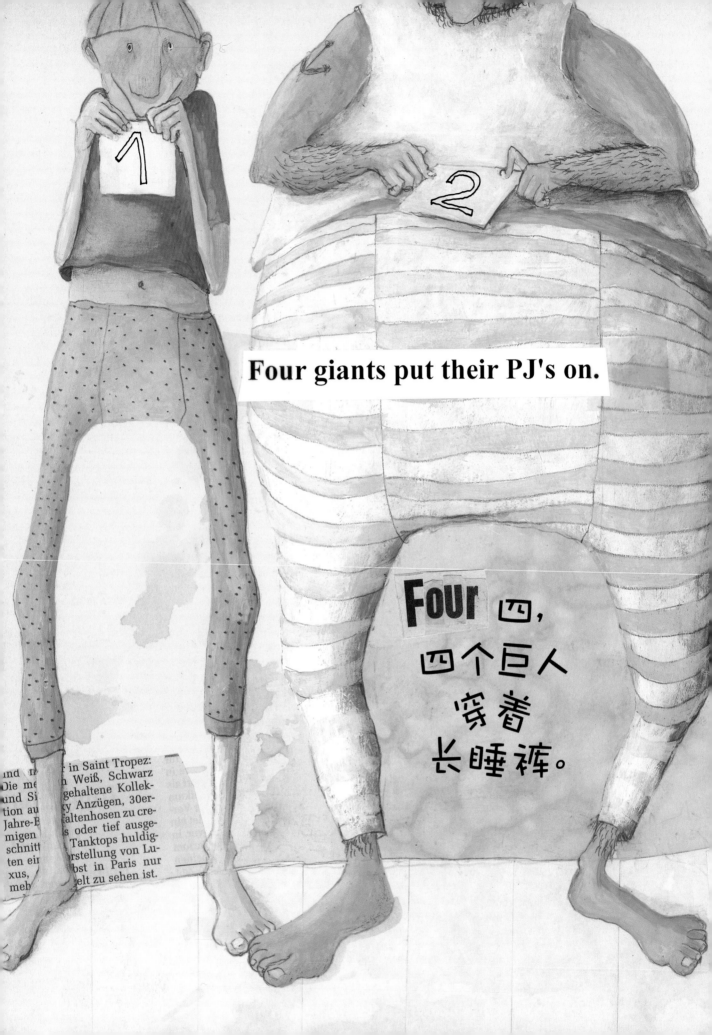

Four giants put their PJ's on.

Five 五，五个巨人拿着红玫瑰。

Five giants with roses.

Six giant hid under the piano.

six 六六巨人躲在钢琴下。

五，五个巨人是纸做的。

Five

Five giants are made of paper.

Four giants are in the bathtub.

Four 四，
四个巨人
躺在浴缸里。

Three giants got into kettle.

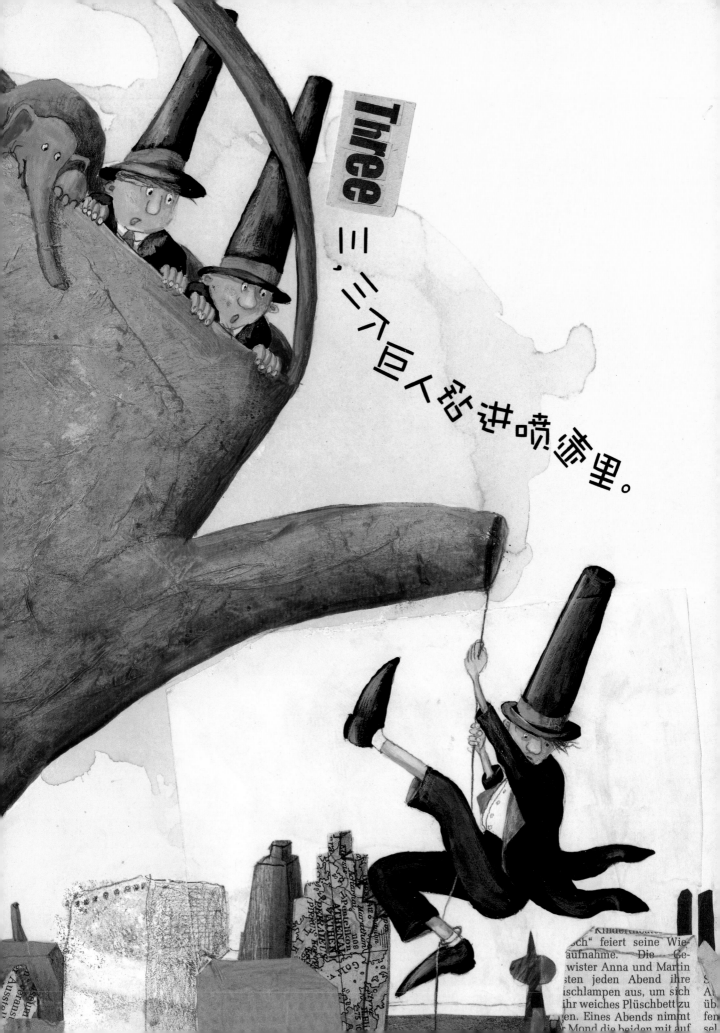

Three

三，三个巨人站进喷壶里。

二，二位巨人藏在角落打呼嚕。

Two giants are snoring at the corner.

当我晚上睡不着，
我觉得还是数数比较好。

我数的是三十四个大巨人，
而不是草地上的小羊羔。
巨人们和我捉迷藏，
我要把他们都找到。

When I can not sleep, I will count the number.

I will count the big giant not the little sheep.

The giant played hide and seek with me and I have to find them all.

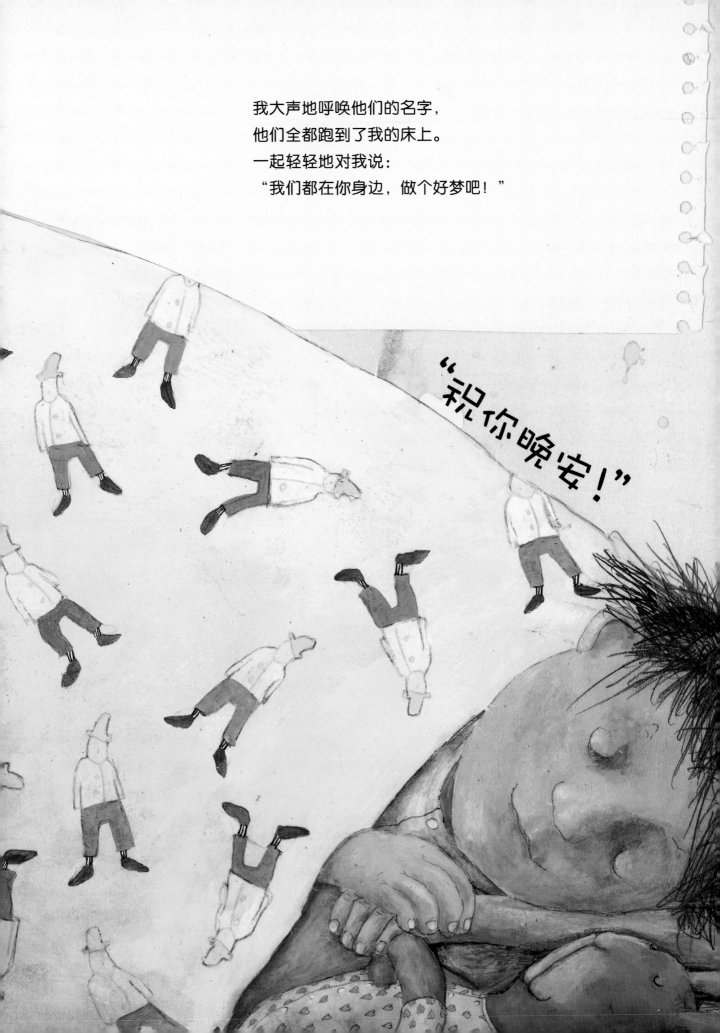

我大声地呼唤他们的名字，
他们全都跑到了我的床上。
一起轻轻地对我说：
"我们都在你身边，做个好梦吧！"

"祝你晚安！"